千古五言之祖——《古诗十九首》

◎◎ 主编 金开诚

◎◎ 编著 王　岩

吉林出版集团有限责任公司

吉林文史出版社

图书在版编目（CIP）数据

千古五言之祖——《古诗十九首》/ 王岩编著 . —
长春：吉林出版集团有限责任公司：吉林文史出版社，
2010.11（2022.1 重印）
　ISBN 978-7-5463-4090-6

　Ⅰ . ①千… Ⅱ . ①王… Ⅲ . ①古体诗 – 文学欣赏 – 中
国 Ⅳ . ① I207.22

中国版本图书馆 CIP 数据核字（2010）第 222323 号

千古五言之祖——《古诗十九首》

QIANGU WUYAN ZHI ZU GUSHI SHIJIUSHOU

主编/ 金开诚　编著/王 岩

项目负责/崔博华 责任编辑/崔博华 刘姝君

责任校对/刘姝君 装帧设计/柳甬泽 王丽洁

出版发行/吉林文史出版社　吉林出版集团有限责任公司

地址/长春市人民大街4646号　邮编/130021

电话/0431-86037503　传真/0431-86037589

印刷/三河市金兆印刷装订有限公司

版次/2010 年 11 月第 1 版　2022 年 1 月第 6 次印刷

开本/650mm×960mm　1/16

印张/9　字数/30千

书号/ ISBN 978-7-5463-4090-6

定价/34.80元

前　言

　　文化是一种社会现象，是人类物质文明和精神文明有机融合的产物；同时又是一种历史现象，是社会的历史沉积。当今世界，随着经济全球化进程的加快，人们也越来越重视本民族的文化。我们只有加强对本民族文化的继承和创新，才能更好地弘扬民族精神，增强民族凝聚力。历史经验告诉我们，任何一个民族要想屹立于世界民族之林，必须具有自尊、自信、自强的民族意识。文化是维系一个民族生存和发展的强大动力。一个民族的存在依赖文化，文化的解体就是一个民族的消亡。

　　随着我国综合国力的日益强大，广大民众对重塑民族自尊心和自豪感的愿望日益迫切。作为民族大家庭中的一员，将源远流长、博大精深的中国文化继承并传播给广大群众，特别是青年一代，是我们出版人义不容辞的责任。

　　本套丛书是由吉林文史出版社和吉林出版集团有限责任公司组织国内知名专家学者编写的一套旨在传播中华五千年优秀传统文化，提高全民文化修养的大型知识读本。该书在深入挖掘和整理中华优秀传统文化成果的同时，结合社会发展，注入了时代精神。书中优美生动的文字、简明通俗的语言、图文并茂的形式，把中国文化中的物态文化、制度文化、行为文化、精神文化等知识要点全面展示给读者。点点滴滴的文化知识仿佛颗颗繁星，组成了灿烂辉煌的中国文化的天穹。

　　希望本书能为弘扬中华五千年优秀传统文化、增强各民族团结、构建社会主义和谐社会尽一份绵薄之力，也坚信我们的中华民族一定能够早日实现伟大复兴！

目录

一、具有神秘色彩的 《古诗十九首》

　　《古诗十九首》的名称，是萧统给的。南朝梁代昭明太子萧统编了一部周汉至南朝齐梁的诗文总集《文选》。他从许多的无名而近于散佚的"古诗"中，选择了十九首编在了一起。从此，原来处于散漫状态的"古诗"，就有了一个"古诗十九首"的专名，很快地这十九首古诗又从萧统《文选》所编的诗歌中脱颖而出，成为中国诗歌史上一个独立的单元，地位也越来越高。被萧统选入《文选》

的这十九首古诗，便几乎被认为是东汉无名氏文人创作的一组完整的古诗，代表东汉文人抒情诗的成就，甚至被明代人誉为"五言之《诗经》"。其实，这十九首古诗只是萧统及其词臣从当时可见的古诗作品中挑选出来的，在思想和艺术上是符合他们的要求和口味的。《古诗十九首》虽非一时一地一人之作，却有着比较统一的思想内容和艺术风格。其内容基本上是游子和思妇的牢骚不平，哀愁苦闷，同时还有对人生无常的感慨和及时行乐的追求，曲折地表达了诗人对当时那种动荡社会的不满。《古诗十九首》语言朴素自然，表现手法委婉曲折，具有较高的艺术价值。它的出现，标志着文人五言诗在其发展过程中已达到成熟阶段。

（一）关于《古诗十九首》的作者问题

关于《古诗十九首》作者的问题，一直以来争论不断，直至今日还是众说纷纭，各执一词。有的说完全是西汉时人做的，有的说有一部分是东汉时人做的，始终没有一个牢不可破的解答。我们看萧梁所撰的各书，关于古诗作者的讨论，可以看到两种先后不同的论调，第一种是持怀疑态度的，代表人物是给《文选》

做过注的李善和写《诗品·序》的钟嵘。李善对《文选》认为《古诗十九首》是枚乘之作提出怀疑，而钟嵘对于古时有人认为《古诗十九首》是建安曹植所写，提出了不同的看法。这两个人认为《古诗十九首》的作者不可考证，因而他们暂且置于怀疑者之列。第二种是抱肯定的态度，是持定论者，代表人物是写《文心雕龙》的刘勰和著《玉台新咏》的徐陵。刘勰在《文心雕龙·明诗篇》有云："古诗雅丽，或称枚叔，其孤竹一篇，则傅毅之辞。"从他的"或称枚叔"一句可明确知道他认为《古诗十九首》的作者是枚乘。"孤竹一篇"认为肯定是傅毅所作的了。稍后的徐陵在《玉台新咏》的著录中，也肯定了这一点。因而在徐陵的时代，《古诗十九首》为枚乘和傅毅所作的观点几乎已经成为了定论。关于以上两种说法，

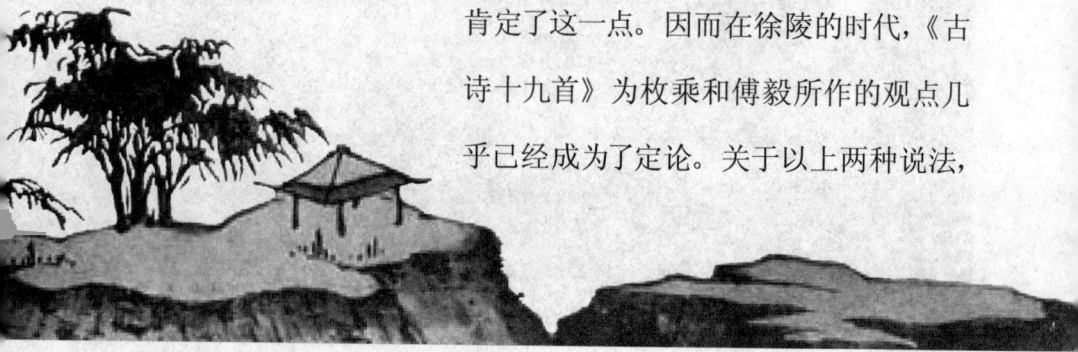

都没有充分的证据，还是有可推敲的地方。李善、钟嵘的怀疑，因为缺少足够的证据而显得苍白无力。而徐陵的《玉台新咏》以为所收的古诗十九首都是枚乘之作，也未必有确凿的依据。因为《玉台新咏》本身就是一个选本，选多选少，随之所好，并没有一定的标准和尺度，而两晋陆机拟古诗十九首，已有《驱车上东门》等篇，已拟名为《杂诗》。我们知道，陆机的拟古诗是完全参照《古诗十九首》而作的，既然在他的拟古诗中已经有"杂"字，则可以说明，作者不为一人，也自然不是枚乘一人所作的了。甚至对于枚乘一生是否作过诗，还是一个学界争论的问题。《古诗十九首》原是夫

妻离别、朋友分和、游子他乡、感叹生死之作，表现手法含蓄委婉，清新朴实，并没有惊险的字句，因而绝不会是一人一时之作。

（二）关于《古诗十九首》所著的年代的问题

《古诗十九首》的作者，因为佚名已久，钟嵘、刘勰、萧统、徐陵等人在几千年前，还不能确定为何人所作，而到了如今，由于所传的诗句诸多简略，流传上也十分的繁杂，因而更是无从判定了。但关于某诗所作的时代，还是可以从前代的著录上，或者拟作中，或者后人曾引用的时间，或者将诗中有关的语句有关于某个时代的典章文物地理等相互进行参照和推求，是可以得到一个"近

似"肯定的答案的。为了方便读者的阅读，

使读者更加清晰明了，请参看如下：

篇名时间

1.《行行重行行》——东汉（近乎）

2.《青青陵上柏》——汉恒灵时（近乎）

3.《回车驾言迈》——汉恒灵时（近乎）

4.《明月皎夜光》——东汉末（近乎）

5.《驱车上东门》——东汉末（近乎）

6.《去者日以疏》——董卓入洛阳之后（近乎）

7.《生年不满百》——东汉后（近乎）

8.《青青河畔草》——建安前（近乎）

9.《西北有高楼》——建安前（近乎）

10.《冉冉孤生竹》——建安前（近乎）

11.《迢迢牵牛星》——魏晋间（近乎）

12.《孟冬寒气至》——魏晋间（近乎）

13.《客从远方来》——魏晋间（近乎）

14.《今日良宴会》——待考

15.《凛凛岁云暮》——待考

16.《东城高且长》——待考

17.《庭中有奇树》——待考

18.《明月何皎皎》——待考

19.《涉江采芙蓉》——待考

由于篇幅有限，具体的考证过程简略。

总之，《古诗十九首》本非一人之辞，一时之作，年代久远，句多残缺，很难有确实的考证。以上所列的十三首诗的年代不过是根据其与某时史事及其他有关者，比类推求的一个大概的时代，其余的六首一时也难有相当的证据，究竟具体为何时所作，还要等将来继续求证。但是可以确定的是《古诗十九首》是作

于东汉以后，绝非是西汉所作，这点是可以相信的。

（三）关于汉乐府与《古诗十九首》之间的关系问题

诗歌至汉代，开始告别四言（诗经）和楚语骚体，汲取乐府诗的精粹，艰难缓慢地朝五言诗的方向迈进，由于汉代主要推崇的文学样式是汉大赋而不是诗，当时，从皇帝到文人，只是欣赏体式宏伟、气势磅礴、语言华丽能与富足强盛的汉帝国相匹配的"劝百讽一"的汉大赋。汉代的五言诗始终在大赋、乐府和四言诗的压迫下生存，艰难地成长，可以说它是一股无声无息的潜流。另一方面，五言诗还要摆脱四言诗和楚骚体诗的旧外衣，还要应付自先秦战国以来儒家经典的不断纠缠。五言诗要成熟起来，要变成热点，要变成钟嵘《诗品·序》中

所说的"人人终朝点缀，昼夜吟咏"的新形势，还要再等三百年的时间。因此，只能是处于旁流，才秀人微，只能随写随弃，或在三五知己中间传唱吟咏。这也正是《古诗十九首》虽然还在，但是时代、作者、具体的篇名却大都湮没无闻的原因了。

总之，汉乐府与《古诗十九首》之间是既有区别又有联系的关系，不难看出中国的五言诗是在与通俗音乐密切相关的汉乐府的母体中成熟而影响于文人的诗歌创作中诞生的。它的"不必一人之辞，一时之作"的无主名的集体创作特点，还明显地带有汉乐府的痕迹，显示了由民歌到文人创作过渡的过程。这种影响和过渡，还没能成熟到形成一个自己的有名字的创作集体。而到了东汉以后特别是到了建安时期的诗人，他们作为一个时代的文化存在，首先影响了文人阶层的一部分，这部分文人具有相似的生活经历，相似的对人生的思考和感受，于是他们从当时最流行的乐府民歌中受到启发，经过再创作，就产生了我们所熟悉的五言诗。当然汉乐府一经文人的改造，就从里到外发生了变化，首先，从思想内涵和审美情趣就与民歌大相径庭。文人们自不必"饥者歌其食，劳者歌其事"，而是更多地体现自我，表现自我，于是其中便多了一些羁旅他乡的哀愁，人生苦闷，及时行乐的调子。这大概是东汉末期政治黑暗，士出无路的反映吧。但是不管怎么说，《古诗十九首》在艺术上比之汉乐府的确是有了长足的进步，它最终还是走出了汉乐府的"母体"。

二、《古诗十九首》的全文及其译文

第一首：

衣带渐"缓"终不悔，为"君"思得
"奴"憔悴之《行行重行行》。

行行重行行

行行重行行，与君生别离①。

相去万余里②，各在天一涯③。

道路阻且长④，会面安可知⑤?

胡马依北风⑥，越鸟巢南枝⑦。

相去日已远⑧，衣带日已缓⑨。

浮云蔽白日⑩，游子不顾反⑪。

思君令人老⑫，岁月忽已晚⑬。

弃捐勿复道⑭，努力加餐饭⑮。

注释：

①生别离：是"生离死别"的意思。
屈原《九歌·少司命》："悲莫悲兮生离
别。"②相去：相距。万余里：此乃思妇
的心理感觉，极言路途之遥远，而非实指。
③天一涯：天各一方。涯：边。④阻：险
阻，艰险。《诗经·秦风蒹葭》："所谓伊
人，在水一方。溯洄从之，道且阻长。"⑤

安可知：怎么知道。⑥胡马：北方胡地
所产的马。胡：秦汉时期，中原人称北
方的少数民族为胡。⑦越鸟：指南方的鸟。
越：应该指的是越族，即百越。⑧已：同
"以"。远：久。⑨缓：宽松。以上两句
套用汉乐府《古歌》："离家日趋远，衣带
日渐缓"旧句。⑩"浮云"句：是猜疑其
另有所欢之意。⑪不顾反：不想着回家。
反同"返"。⑫老：指心神忧伤，形体消瘦。
⑬"岁月"句：即"岁暮"，指一年很快
就会过去。⑭弃捐：丢掉。勿复道：不
要说了。⑮加餐饭：这是汉代经常习惯用

的安慰别人的话。这里是希望对方保重身体，留待异日相会。

译文：

走啊走，郎君走得是越来越远了，和君就像生离死别一般。

此一去，我们怕是要相隔千里万里了，天南地北孤零零地各在一边。

道路啊，是关河间隔，艰难而又漫长，谁知道是否还有相见的一天？

南来的胡马始终依恋熟悉的北风，北飞的越鸟啊，就连筑巢也朝着南面的方向。

离别的日子，一天天地愈加久远，我人已经憔悴，衣带也一天天地松缓。

莫非是天上的浮云遮蔽了太阳，你留

恋上了异地的人儿，竟然忘记了我的思盼，不知道把家还。

由于思念你的缘故，我已红颜老去，日月匆忙，眼看又到了年关。

唉，还是不要再提这种伤心的往事吧，还是希望你好好地保重身体，努力地加餐吃饭吧。

第二首：

春光烂漫难排"寂"，言词大胆展"性情"之《青青河畔草》。

青青河畔草

青青河畔草①，郁郁园中柳②。

盈盈楼上女③，皎皎当窗牖④。

娥娥红粉妆[5]，纤纤出素手[6]。

昔为倡家女[7]，今为荡子妇[8]。

荡子行不归，空床难独守。

注释：

①参照汉乐府《相和歌辞·饮马长城窟行》"青青河边草，绵绵思远道"，可知这里也有"思远道"之意思。②郁郁：浓密茂盛的样子。③盈盈：指仪态美好。一说指姿容丰满。④窗牖：泛指安装在墙上的窗子。⑤娥娥：《方言》称："秦晋间，美貌谓之娥。"⑥"纤纤"句："纤纤"形容女子的手指细而且柔长。"素"是白的意思。⑦倡家女：指歌舞乐伎，而非今日所说的娼妓。⑧荡子：义近"游子"，而非今日所说的行为放荡的"浪子"。《列子》称："有人去乡土而不归者，世谓之狂荡之人也。"

译文：

园外河边的草色青青没有尽头，园内满园的杨柳茂盛而浓密。

院内楼上一位娉娉袅袅、皮肤白嫩的佳人，正依附在楼头窗口。

她的装扮实在是十分的漂亮啊，露出她那柔长白净的双手。

想当年曾经是个能歌善舞的乐伎，到如今却嫁给了游子家做媳妇。

外出的游子啊，常年在外不知回来啊，长夜空床寂寞，又怎么能叫人独守。

第三首：

"娱乐"非本意，"忧国"是本心之《青青陵上柏》。

青青陵上柏

青青陵上柏，磊磊涧中石①。

人生天地间，忽如远行客②。

斗酒相娱乐③，聊厚不为薄④。

驱车策驽马⑤，游戏宛与洛⑥。

洛中何郁郁⑦，冠带自相索⑧。

长衢罗夹巷⑨，王侯多第宅⑩。

两宫遥相望⑪，双阙百余尺⑫。

极宴娱心意⑬，戚戚何所迫⑭？

注释：

①"青青"二句：前者是就颜色而言，后者是就形体而言的，两者都是永恒不变的。这里用来说明生命的短暂和对人不如物的感慨。陵，状如丘陵的古墓。磊磊，石块积累的样子。②"人生"二句：极言生命的短暂，人生在世，倏忽如过

客的意识十分强烈。③斗酒：指少量的酒。④薄：言其少，是相对于酒厚而言的。⑤策：马鞭，此为鞭策之意。驽马：劣马，迟钝的马。⑥戏：嬉戏。宛：宛县。⑦郁郁：繁盛的样子。⑧冠带：指高冠博带的达官贵人及缙绅之士。自相索：自相往来，不与外界相通。索：求访，往来。⑨长衢：大街。罗：排列。夹巷：夹在长衢两旁的里巷。⑩第宅：皇帝赐给大臣的住宅。⑪两宫：指汉代洛阳城内的南北两宫。⑫双阙：耸立在宫门两端的望楼。百余尺：极言其高耸。⑬极宴：穷奢极欲地纵情

享乐。⑭戚戚：忧愁的样子。《论语·述而》："君子坦荡荡，小人常戚戚。"何所迫：像被什么逼迫着一样。

译文：

陵墓上长得青翠的柏树，溪流里堆聚成堆的石。

人生长存活在天地之间，就好比匆匆远行的过客。

区区斗酒足以娱乐心意，虽少却胜过豪华的宴席。

驾起破马车驱赶着劣马，照样在宛洛之间游戏着。

洛阳城里是多么的热闹，达官贵人彼此相互探访。

大路边列夹杂着小巷子，随处可见王侯贵族宅第。

南北两个宫殿遥遥相望，两宫的望楼高达百余尺。

达官贵人们虽尽情享乐，而我却忧愁满面不为什么所逼迫。

第四首：

"贫贱不再穷独守，富贵应须致身

早"之《今日良宴会》。

今日良宴会

今日良宴会①，欢乐难具陈②。

弹筝奋逸响③，新声妙入神④。

令德唱高言⑤，识曲听其真⑥。

齐心同所愿，含意俱未申⑦。

人生寄一世，奄忽若飚尘⑧。

何不策高足⑨，先居要路津⑩。

无为守穷贱⑪，轗轲长苦辛⑫。

注释：

①良宴会：热闹得令人难忘的宴会。

②具陈：一一述说。③筝：瑟类的古乐器。

奋：发出。逸响：不同凡响的声响。④新

声：当时流行的曲调。⑤令德：有美好

德行的贤者，这里指作歌词的人。令：美；

善。高言：高妙的言辞，这里指歌的内容。

⑥识曲：知音的人。听其真：指听懂了

里面所包含的人生真谛。⑦"齐心"二句：

指以上乐曲所包含的人生感慨，是人所

共有的想法，只是其中的意思大家想到但

是却说不出来。⑧奄忽：急遽，迅疾。飚：

风暴。⑨策：鞭策。高足：快马。⑩要路津：

指路津的关隘之处。这里比喻在政治和

社会上占据重要的位置。路：路口。津：渡口。⑪无为：用不着。⑫轗轲：即坎坷。

译文：

今天度过了一个热闹的令人难忘的宴会，其中的欢乐难以一一述说。

宴会上有人用筝演奏出了不同凡响的乐曲，这首流行的曲调使我们神往。

高尚的作词者作出了美妙的曲词，我们似乎都听懂了其中的深意。

乐曲道出了大家的心声，只是大家都无法将之表述出来。

人生啊，就好像狂风吹扬起来的尘土，聚散不定，瞬间即逝。

何不鞭策自己的骏马，到那险要的关隘之处，占据那政治上的高位。

用不着再苦守那贫贱了，贫贱坎坷的道路是那样的辛苦。

第五首：

"曲多和寡，知音难寻"之《西北有高楼》。

西北有高楼

西北有高楼，上与浮云齐。

交疏结绮窗①，阿阁三重阶②。

上有弦歌声③，音响一何悲！

谁能为此曲？无乃杞梁妻④。

清商随风发⑤，中曲正徘徊⑥。

一弹再三叹，慷慨有余哀。

不惜歌者苦⑦，但伤知音稀⑧。

愿为双鸿鹄⑨，奋翅起高飞。

注释：

①交疏：窗格雕镂花纹。结：张挂。绮：有花纹的丝织品。在这里指窗格装饰华美。②阿（ē）阁：四面有檐的楼阁。③弦歌声：丝弦弹唱的声音。④无乃：莫非是；大概是。杞梁妻：相传齐国大夫杞梁出征莒（jǔ）国，战死在莒城下。他的妻子到城下他的尸体旁痛哭了十个昼夜，莒国的城墙被她哭塌。事见《左传·襄公二十三年》。⑤清商：一种短歌曲名，声音低回婉转。发：传播。⑥中曲：乐曲的中段。⑦惜：痛惜。⑧知音：《列子》："伯牙善于鼓琴，钟子期善于听琴。伯牙鼓琴，志在高山，钟子期曰：'善哉！峨峨兮若泰山。'志在流水，钟子期曰：'善哉！洋洋若兮江河。'伯牙每有所念，钟子期必得之。"⑨鸿鹄：天鹅一类善飞的大鸟。

译文：

那西北方有一座高楼矗立眼前，堂皇高耸恰似与浮云齐高。

高楼镂著花纹的木条，交错成绮文的窗格，四周是高翘的阁檐，阶梯层叠三重。

楼上飘下了弦歌之声，正是那《音响一何悲》的琴曲，谁能弹此曲，是那悲夫为齐君战死，悲恸而"抗声长哭"竟使杞之都城为之倾颓的杞梁的妻子吗？

商声清切而悲伤，随风飘发多凄凉！这悲弦奏到'中曲"，便渐渐舒缓迟荡回旋。

那琴韵和"叹"息声中，抚琴坠泪的

佳人慷慨哀痛的声息不已。

不叹惜铮铮琴声倾诉声里的痛苦，更悲痛的是没有能够领会曲中之意的人。

不要难过，我是你的知音，愿我们化作心心相印的鸿鹄，从此结伴高飞，去遨游那无限广阔的蓝天白云里。

第六首：

"思乡在远道，同心却离别"之《涉江采芙蓉》。

涉江采芙蓉

涉江采芙蓉，兰泽多芳草①。

采之欲遗谁？所思在远道②。

还顾望旧乡③，长路漫浩浩④。

同心而离居⑤，忧伤以终老⑥。

注释：

①兰泽：生长着兰草的随便的低湿的地方。古代有赠香草以结恩情的风俗习惯。②所思：所思念的人，这里是指其妻子。③旧乡：故乡。④漫浩浩：犹言漫漫浩浩。漫漫：路长的样子。浩浩：谓广阔无边。⑤同心：指夫妻恩爱，两心如一。语出《易经·系辞上》："二人同心，其利断金。"⑥终老：到老，终生。

译文：

走进江水中采来了荷花，兰泽的香草一望萋萋，很多很多。

采集花草要送给谁呢？原来是要送给远方家里等我的爱妻。

回首遥望思恋的家乡,却是长路漫漫,天地茫茫。

夫妻同心然而却人分两地,度日如年般孤独地忧伤终老。

第七首:

"愁秋夜独徘徊,愤旧友忘故情"之《明月皎夜光》。

明月皎夜光

明月皎夜光①,促织鸣东壁②。

玉衡指孟冬③,众星何历历④。

白露沾野草,时节忽复易⑤。

秋蝉鸣树间,玄鸟逝安适⑥。

昔我同门友⑦,高举振六翮⑧。

不念携手好,弃我如遗迹⑨。

南箕北有斗⑩,牵牛不负轭⑪。

良无盘石固⑫,虚名复何益?

注释:

①皎:洁白。这里用作动词,指照亮。

②促织：蟋蟀的别名。③玉衡：北斗七星中的第五星，又可指第五到第七星中的斗柄三星。孟冬：冬季的第一个月，即夏历的十一月。④历历：星星行列分明貌。⑤易：变化，变换。⑥玄鸟：燕子。逝安适：飞往温暖的地方。逝：飞往。⑦同门友：同学兼朋友。⑧六翮（hé）：指鸟的翅膀。翮：羽茎。⑨遗迹：行人身后遗留下的足迹。⑩南箕：星名，即箕宿星。斗：指北斗星。⑪牵牛：星星名。轭：指车辕前用以套在牛颈上的横木。⑫良：确实，诚然。盘石：即磐石。古人多用以象征感情的

坚贞和不可改易。

译文：

皎洁的明月照亮了仲秋的夜色，在东壁的蟋蟀低吟地清唱着。

夜空北斗横转，那由玉衡、开阳、摇光三星组成的斗杓，正指向天象十二方位中的孟冬，闪烁的星辰，更如镶嵌天幕的明珠，把仲秋的夜空辉映得一片璀璨。

深秋，朦胧的草叶上，竟已沾满晶莹的露珠，深秋已在不知不觉中到来，时光之流转有多疾速呵！

而从那枝叶婆娑的树影间，又听到了断续的秋蝉流鸣，怪不得往日的鸿雁（玄鸟）都不见了，原来已是秋雁南归的时节了。

京华求官的蹉跎岁月中，携手同游的同门好友，先就举翅高飞，腾达青云了。

而今却成了相见不相识的陌路人，在平步青云之际，把我留置身后而不屑一顾了。

遥望星空那"箕星""斗星""牵牛"

的星座，它们既不能颠扬、斟酌和拉车，为什么还要取这样的名称真是虚有其名。

想到当年友人怎样信誓旦旦，声称着同门之谊的"坚如磐石"，而今同门"虚名犹存"，"磐石"友情安在？叹息和感慨，世态炎凉，虚名又有何用呢？

第八首：

"花开堪折直须折，莫待无花空折枝"之《冉冉孤生竹》。

冉冉孤生竹

冉冉孤生竹，结根泰山阿①。

与君为新婚②，菟丝附女萝③。

菟丝生有时④，夫妇会有宜⑤。

千里远结婚⑥，悠悠隔山陂⑦。

思君令人老，轩车来何迟⑧！

伤彼蕙兰花⑨，含英扬光辉⑩。

过时而不采⑪，将随秋草萎。

君亮执高节，贱妾亦何为⑫！

注释：

①结根：扎根，比喻生长。泰山：就是大山。"泰"同"太"，与"大"同意。阿：山坳。②为：成。③菟丝：一种植物。④生有时：指菟丝生长旺盛的时间是有限的，比喻女子的青春是有限的。⑤会：就是聚合，指夫妻同室而居。宜：指美好的时光。⑥千里：指男女双方的家，相距很远。⑦悠悠：遥远的样子。山陂：即山坡，这里指的是山与山相连。⑧轩车：有栏杆的车。这里指男方至女方家迎亲的车子。来何迟，为什么迟迟不来。⑨"伤彼"句：蕙和兰都是香草，一箭多花者

叫做惠，一箭一花者叫做兰。此句以花喻人，实际上是自己悲伤。⑩含英：指即将盛开的花朵。含：指还没有完全地绽放开。英：指花。⑪"过时"两句：以花自喻，要求对方及早来娶她，否则自己如花一样的青春盛颜一过，也将和秋草同萎了。⑫"君亮"两句：亮，指的是真的、实在的。高节，坚贞的品质。

译文：

一根柔弱孤独的小翠竹，生长在大山荒僻的山窝里。

想当初我与你刚成婚，亲如菟丝草缠绕着女萝。

　　菟丝生长的旺盛是有时限的，我的青春也是十分有限的，年轻的夫妻要珍惜生活。

　　你曾经说无论多远都要娶我，不管是山连着山坡连着坡。

　　苦苦的相思已经使我容颜憔悴，为何还不见你来接我的轩车！

　　可叹那美丽的春蕙幽兰，迎春含苞待放生机勃勃。

　　花儿正艳若还不去采摘，则将会随秋草一同零落。

　　只要君牢记你的誓言守志不移，我就

一如既往地等着你！

第九首：

"为君折香花，此物最相思"之《庭中有奇树》。

庭中有奇树①

庭中有奇树，绿叶发华滋②。

攀条折其荣③，将以遗所思④。

馨香盈怀袖⑤，路远莫致之⑥。

此物何足贵⑦？但感别经时⑧。

注释：

①本篇为《古诗十九首》里的第九首。奇树：美好的树木。②发：开放。华：同"花"。滋：鲜嫩，繁茂。③条：枝条。荣：花。④遗所思：有什么想法。⑤馨香：本指的是花香，这里指所摘的花。盈怀袖：充满怀抱衣袖。⑥莫致之：必能送达对方。致：送达。⑦何足贵：为什么值得珍贵。一本作"何足贡"。⑧"但感"句：但，

只是的意思，说明上句"此花为什么值得珍贵"？只是某种原因，这原因就是"分别得太久了"。

译文：

院子里栽种着一棵非常好的树，春来叶儿翠绿繁花万朵。

我攀着枝条把花儿采摘，想把它送给我心爱的人儿。

香花都已经装满襟怀衣袖，路远难送让人无可奈何。

此花为什么这样的珍贵？只是因为离别已久，思念如渴啊。

第十首：

"夏夜清风明亮月，片片相思寄银河"之《迢迢牵牛星》。

迢迢牵牛星

迢迢牵牛星①，皎皎河汉女②。

纤纤擢素手③，札札弄机杼④。

终日不成章⑤，泣涕零如雨。

河汉清且浅，相去复几许⑥？

盈盈一水间，脉脉不得语。

注释：

①迢迢：遥远。②皎皎：洁白而明亮。

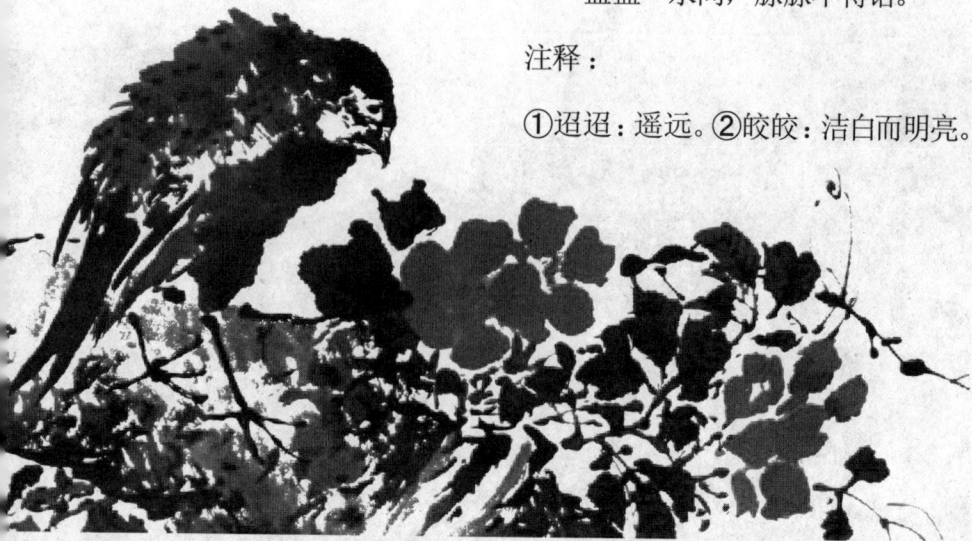

河汉女：指织女星。③纤纤：细弱的样子。

擢：举起。素手：洁白的手。④札札：织

机发出的声音。机杼：织机。⑤不成章：

是说终日没有织成成品。⑥几许：多少，

这里是说牵牛星和织女星相距并不遥远。

译文：

遥远的牵牛星与光洁明亮的织女星隔

河相望。

美丽的织女举起她洁白的双手，伴随

着札札的织布机声左右投梭织布。

整日织布忙碌却怎么也织不出一匹布，

心中却涌动无尽的相思而泪落如雨。

银河的水啊，清亮可以见底，彼此间

相隔的人啊能有多远？

可就因为这清浅的一水之隔，便只能

脉脉相视而难诉片语相思。

第十一首：

"感时节之盛衰，发自警与自勉"之《回车驾言迈》。

回车驾言迈

回车驾言迈①，悠悠涉长道②。

四顾何茫茫③，东风摇百草。

所遇无故物④，焉得不速老？

盛衰各有时，立身苦不早⑤。

人生非金石⑥，岂能长寿考⑦？

奄忽随物化⑧，荣名以为宝⑨。

注释：

①回车：回转车架。驾言迈：驾车

而行。言：语气助词，无意义。②涉：跋涉。
③何：多么。茫茫：这里指无边无际的
绿草荒原。④故物：旧物。⑤立身：指在
"立德、立功、立言"方面有所建树。苦：
患于。不早：不及时。这两句说人生一世，
草木一秋，盛衰各有其时。一个人要想
有所建树就要及时抓紧。⑥"人生"句：
谓人生脆弱，没有金石那么的坚固。⑦
长寿考：万寿无疆地永远地活下去。考：
老。⑧奄忽：急遽，迅疾。随物化：形
体化为异物，指死亡。⑨荣名：荣誉和

声名。这两句说人生短促，躯体很快会化为异物，而只有荣誉和声名才是最宝贵的。

译文：

驾起马朝着亲爱的家乡的方向，风尘仆仆地登上了漫漫的长道。

环顾四面的原野一片苍苍茫茫，春风吹荡着百草。

眼中所见的已不是昔日的景色了，唉，人生短促怎样能不迅速变老啊。

荣盛和衰朽各有各的时限，只恨自己没有及早地建立功业。

人的生命并非能坚如金石，青春年华

岂能够长久永葆？

岁月匆匆人的躯体终将化为尘土，只有好的名声才是永垂不朽的珍宝啊！

第十二首：

"于悲中听曲；想与'伊'幻游"之《东城高且长》。

东城高且长

东城高且长①，逶迤自相属②。

回风动地起③，秋草萋已绿④。

四时更变化⑤，岁暮一何速⑥！

晨风怀苦心⑦，蟋蟀伤局促⑧。

荡涤放情志⑨，何为自结束⑩？

燕赵多佳人⑪，美者颜如玉⑫。

被服罗裳衣⑬，当户理清曲⑭。

音响一何悲！弦急知柱促⑮。

驰情整中带⑯，沈吟聊踯躅。

思为双飞燕，衔泥巢君屋。

注释：

①东城：洛阳东面的城墙。②逶迤：曲折绵长貌。相属：相连。③回风：旋风。④萋：草繁盛貌。⑤更：更迭。⑥岁暮：指秋冬之季。⑦晨风：是一种鸟的名。⑧蟋蟀：傅毅《舞赋》："伤蟋蟀之局促。"⑨荡涤：扫除。放情志：敞开胸怀，驰骋感情和意志。⑩何为：何必。自结束：自我束缚。⑪燕赵：战国时代二国名。燕都在今北京南郊大兴县，赵都在今河北省邯郸县。⑫颜：脸色。⑬被服：均用作动词，即穿着。裳衣：即"衣裳"。古代有所区别，在上称"衣"，在下称"裳"。⑭理：练习。清曲：清商曲，包括"清调曲""平调曲"和"瑟调曲"三类，是当时流行的曲调。⑮弦急：丝弦紧绷，

发出激越的声响。⑯驰情：驰骋想象。整：
整理。中带：妇女穿的单衫。一说为衣带。

译文：

洛阳的东城门外，高高的城墙，从曲
折绵长，鳞次栉比的楼宇，房舍外绕过一圈，
又回到原处。

四野茫茫，转眼又有秋风在大地上激
荡而起，空旷地方自下而上吹起的旋风，犹
如动地般地吹起，使往昔葱绿的草野，霎时
变得凄凄苍苍。

转眼一年又过去了！在怅然失意的心境中，就是听那天地间的鸟啼虫鸣，也会让人苦闷。

鸷鸟在风中苦涩地啼叫，蟋蟀也因寒秋降临而伤心哀鸣。

不但是人生，自然界的一切生命，不都感到了时光流逝与其处处自我约束，等到迟暮之际再悲鸣哀叹，何不早些涤除烦忧，放开情怀，去寻求生活的乐趣呢？

那燕赵宛洛之地本来就有很多的佳人美女，美女艳丽，其颜如玉般的洁白秀美。穿着罗裳薄衣随风飘逸拂动，仪态雍容端坐正铮铮地练习着筝商之曲。

幻想着和诗人变成一对双飞燕，和君一起衔泥筑屋。

第十三首：

"享乐表象下的生命渴望，悲伤失意

中的人性回归"之《驱车上东门》。

驱车上东门

驱车上东门①，遥望郭北墓②。

白扬何萧萧，松柏夹广路③。

下有陈死人④，杳杳即长暮⑤。

潜寐黄泉下⑥，千载永不寤⑦。

浩浩阴阳移⑧，年命如朝露⑨。

人生忽如寄⑩，寿无金石固。

万岁更相送⑪，圣贤莫能度⑫。

服食求神仙⑬，多为药所误。

不如饮美酒，被服纨与素⑭。

注释：

①上东门：洛阳东城三门中，最北面的城门。②郭：外城的城墙。洛阳上东门为汉代著名的墓葬区，王公贵族死后多葬于此。出上东门是北邙山，故可眺望"郭北墓"。③松柏：古代墓道两侧多植白杨和松柏。广路：宽广的墓道。④陈死人：久死的人。⑤杳杳（yǎo）：幽暗貌。即：趋于。长暮：长夜。这句是说死去的人永远长眠在幽深的黑暗里。

⑥潜寐：深眠。黄泉：人死后埋葬的地穴，亦指阴间。⑦寤：醒来。⑧浩浩：水流貌，比喻时间流逝。⑨年命：寿命。朝露：比喻人生短暂。⑩忽：迅疾。寄：旅居。⑪更相送：一本作"更相迭"。⑫"圣贤"句：谓大圣大贤者也不能超越自然的规律，难逃一死。⑬服食：指服用道家炼制的丹药可以寻求长生不死。⑭被服：用作动词，指穿着。纨、素：白色的丝绢。这里指代华丽的服装。

译文：

驱车出了上东门，回头遥望城北，看见邙山墓地。

邙山墓地的白杨树，长风摇荡着杨枝，万叶翻动的萧萧声响，松柏树长满墓路的两边。

人死去就像堕入漫漫长夜，沈睡于黄泉之下，千年万年，再也无法醒来。

春夏秋冬，流转无穷，而人的一生，却像早晨的露水，太阳一晒就消失了。

人生好像旅客寄宿，匆匆一夜，就走出店门，一去不返。人的寿命，并不像金子石头那样坚牢，经不起多少跌撞。

岁去年来，更相替代，千所万岁，往复不已；即便是圣人贤人，也无法超越，长生不老。

神仙是不死的，然而服药求神仙，又常常被药毒死，还不如喝点好酒，穿些好衣服，只图眼前快活吧！

第十四首：

"死去元知万世空，但悲不见故乡人"之《去者日已疏》。

去者日以疏

去者日以疏①，来者日以亲②。

出郭门直视③，但见丘与坟。

古墓犁为田，松柏摧为薪④。

白杨多悲风，萧萧愁杀人⑤。

思归故里闾⑥，欲归道无因⑦。

注释：

①去者：逝去的日子。也可以指逝去的人和事。②以亲：一天天变得亲近起来。③郭门：外城城门。直视：放眼望去。④"古墓"二句：谓远古的坟墓已经被犁为良田，千年的松柏也被砍作柴薪。⑤"白杨"二句：《梦雨诗话》："'白杨秋风'意象由此开始。"⑥里闾：乡里。《周礼·天官·小宰》："听闾里以版图。"贾公彦疏："在六乡则二十五家为闾，在六遂则二十五家为里。"⑦因：缘由。

译文：

死去的人岁月长了，印象不免由模糊而转为空虚，新接触的人，原来自己不熟悉他们，可经过一次次接触，就会印象加深而更加亲切。

走出郭门，看到遍野古墓，油然怆恻，萌起了生死存亡之痛。

他们的墓被平成耕地了，墓边的松柏也被摧毁而化为柴薪。

白杨为劲风所吹，发出萧萧的鸣声犹如悲鸣自我的哀痛，萧萧的哀鸣声里，肃杀的秋意愁煞了人们的心里。

只有及早返回故乡，以期享受乱离中的骨肉团圆之乐，想要归返故里，寻找过去的亲情，恐怕就是这个原因了。

第十五首：

"叹人生之苦短；倡及时之享乐"之《生年不满百》。

生年不满百

生年不满百，常怀千岁忧①。

昼短苦夜长，何不秉烛游②?

为乐当及时，何能待来兹③?

愚者爱惜费④，但为后世嗤⑤。

仙人王子乔⑥，难可与等期⑦。

注释：

①千岁忧：对身后事（如子女、财产、名誉、地位等等）的忧虑。②秉烛：持着蜡烛。李白《春夜宴从弟桃花园序》："古人秉烛夜游，良有以也。"③来兹：

来年。草新生为"兹"，因为草一年生一次，故引申为年。④费：费用，钱财。⑤嗤：嗤笑。这两句说愚蠢的人总因为吝啬自己的钱财而不愿意及时地享乐，这样只能被后人嗤笑。⑥王子乔：古代传说中的仙人。刘向的《列仙传》："王子乔，周灵王太子晋也。好吹箫，作凤鸣。浮丘公接上嵩山，三十余年，仙去。"⑦等：相同的。期：期待，期盼。这二句说仙人王子乔固然是得道成仙了，但是你是很难像王子乔一样成为仙人的。

译文：

人的生命不足百岁，只有那短短的几十载，却总是在为身后的事情感到忧虑。

总是埋怨白天的时间短暂而夜晚的时间太长，那为何不像古人一样拿着蜡烛夜游呢？

今生就应该及时地享乐，何必要等到来年呢？

那些愚蠢的人总是因为吝啬爱惜自己的钱财而不及时地享乐，那种行为是会被后人嗤笑的。

仙人王子乔固然得道成仙了，可是世人是很难像王子乔那样成为仙人的，还不如及时地享乐。

第十六首：

"久别思沉，积想成梦；须臾梦醒，倍感凄凉"之《凛凛岁云暮》。

凛凛岁云暮

凛凛岁云暮，蝼蛄夕鸣悲①。

凉风率已厉②，游子寒无衣③。

锦衾遗洛浦④，同袍与我违⑤。

独宿累长夜⑥，梦想见容辉⑦。

良人惟古欢⑧，枉驾惠前绥⑨。

愿得常巧笑，携手同车归⑩。

既来不须臾⑪，又不处重闱⑫。

亮无晨风翼⑬，焉能凌风飞⑭？

眄睐以适意⑮，引领遥相睎⑯。

徙倚怀感伤⑰，垂涕沾双扉⑱。

注释：

①蝼蛄：虫名，北方俗称土狗，又叫拉拉古。雄者喜鸣善飞，尤喜欢夜鸣。

②率：大概。厉：猛烈。③游子：指诗

中女主人公的丈夫，即下面所说的"同
袍""良人"。④锦衾：用锦制成的大被。衾：
双人被。洛浦：洛水之滨，这里代指京
都洛阳。⑤同袍：《诗经·秦风·无衣》："岂
曰无衣，与子同袍。"指战友之谊，这
里则借指夫妻之情。违：背、离之恋。⑥
累长夜：经历了很多长夜。一来冬夜原
本就长；再者取"愁人知夜长"之意。⑦
梦想：谓积想成梦。容辉：指容貌风采。
⑧良人：妇女对丈夫的称呼。⑨枉驾：指
丈夫屈尊惠顾，驾车而来。惠：授。前
绥：当年结婚时用过的那根车绥。绥：
车上的绳索。⑩"愿得"二句：这里是思
妇在梦中听到的丈夫对自己说的亲昵的

话语。巧笑：形容女子的笑容美丽可爱。
⑪须臾：一会。⑫重闱：深闺。⑬亮：确实，
实在。晨风：鸟名。⑭凌风：乘风。⑮眄睐
（miǎn lài）：斜视，这里指眄起眼睛
来回忆美好的梦境的样子。适意：宽慰，
散怀。⑯引领：伸颈而望。⑰徙倚：徘徊。
⑱扉：门扉。

译文：

深秋天寒又到了一年的将完之期，就
连夜晚的蟋蟀的叫声都是那么的悲惨。

嗖嗖的大风还会刮得更加猛烈，在外
边的游子还没有过冬的棉衣。

锦被是否让你赠给了洛阳的美女？你

是否已经忘却了共衾的恩爱而和我远离呢?

寂寞的我熬过了多少个漫漫的长夜,忽然又梦见你那亲切容貌的光辉。

你一如往昔般地对我情意缠绵,亲自来递给我当年那个绳索。

你对我说道:"愿能够常见你那美丽的笑靥,让我们手牵着手同车回家。"

甜蜜的梦境不过是一会儿的光景,很快你的身影就消失在我的闺房内。

我恨自己没有鸟儿那善飞的翅膀,如果那样的话就能紧紧地追随你乘风而飞。

斜眄着眼睛回忆以往的种种以求得内心的宽慰,忍不住又出门远眺,想把你的身影寻找。

怅惘的徘徊在门边内心无限的感伤,禁不住泪如泉涌,沾湿了门扉。

第十七首:

"袖藏书信三余载;恐君不识我真心"之《孟冬寒气至》。

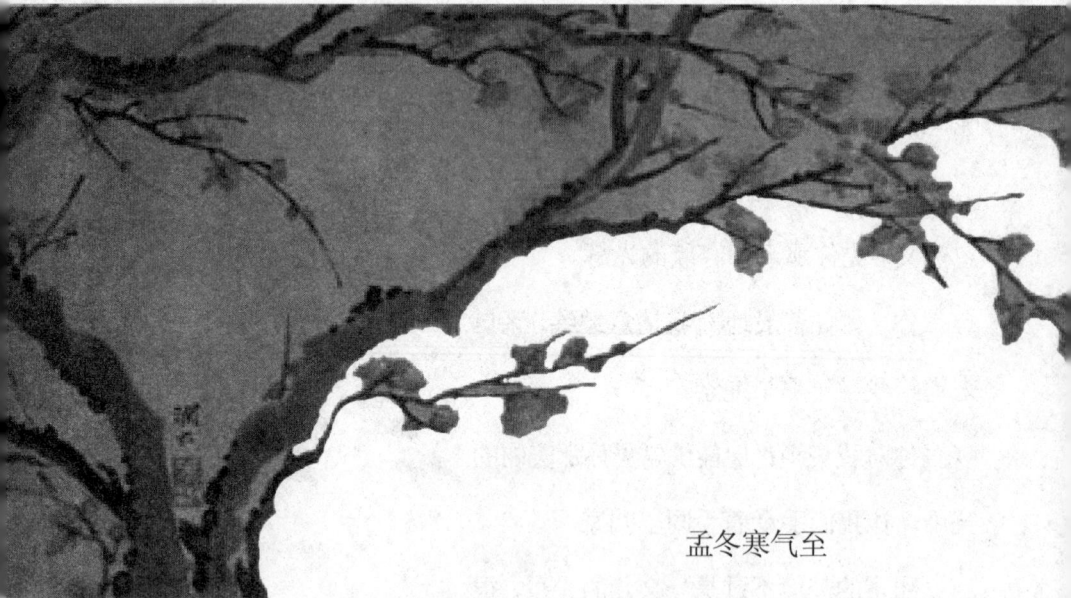

孟冬寒气至

孟冬寒气至，北风何惨栗①。

愁多知夜长，仰观众星列。

三五明月满②，四五蟾兔缺③。

客从远方来，遗我一书札。

上言长相思，下言久离别。

置书怀袖中，三岁字不灭④。

一心抱区区⑤，惧君不识察。

注释：

①惨栗：寒气袭人。②三五：每月

的阴历十五。③四五：每月阴历二十。蟾兔：

月亮的代称。④灭：磨灭。《梦雨诗话》：

"'字不灭'则写书札藏怀袖三年。爱人及物，与'馨香盈怀袖'同样的心情。"⑤

区区：即"拳拳"。

译文：

农历十月，寒气逼人，呼啸的北风多么的凛冽。

满怀愁思，夜晚更觉漫长，抬头仰望天上的星星。

十五月圆，二十月缺。有客人从远地来，带给我一封信函。

信中先说他常常想念着我，后面又说已经分离很久了。

把信收藏在怀袖里，至今已过三年字迹仍不曾磨灭。

我一心一意爱着你，只怕你不懂得这一切。

第十八首：

"半匹'罗绮'表君心；一床'合欢'抒妻情"之《客从远方来》。

客从远方来

客从远方来，遗我一端绮①。

相去万余里，故人心尚尔②。

文彩双鸳鸯③，裁为合欢被④。

著以长相思⑤，缘以结不解⑥。

以胶投漆中，谁能别离此⑦？

注释：

①一端：半匹。绮：丝织品。彩色的花纹为"锦"，素色的花纹为"绮"。②

故人：这里指就别远游的丈夫。尚尔：居然还是如此。③"文彩"句：言绮上有双鸳鸯的图案。④合欢被：指把绮裁制成表里如一的双面缝合的双人大被，象征夫妻同居的愿望。⑤著：犹"絮"。向被中装进填充物。思：谐"丝"，即充入被中的丝绵。比喻绵绵不尽的相思的情意。⑥结不解：缝边时将被子四周坠饰的丝缕打成解不开的线结，即象征夫妻情深意长的同心结。⑦"谁能"句：此言："我们的爱情好像胶漆相粘一样，谁能将它拆散开呢？""此"指情，而非指胶、漆。

译文：

有一位客人自称来自遥远的地方，捎来夫君赠我的半匹罗绮。

如今我们相隔着一万多里，夫君的心还是把我惦记。

罗绮上织着鸳鸯成双成对，裁床合欢被表示一下我的情意。

絮进去的丝绵是我对夫君不尽的相思，密缘四边是结而不解的意思。

不相信，请把稠胶投入到浓漆中去，这恩爱如胶似漆谁能分离！

第十九首：

"问君思妻有多深；明月代表君真心"之《明月何姣姣》。

明月何皎皎

明月何皎皎，照我罗床帏①。

忧愁不能寐，揽衣起徘徊②。

客行虽云乐③，不如早旋归④。

出户独彷徨，愁思当告谁？

引领还入房⑤，泪下沾裳衣。

注释：

①罗床帏：指罗制的床帐。罗质轻薄透光，所以在床上才能看见明月的"皎皎"。②揽衣：犹言披衣。③客行：指出门在外。④早旋归：很快地回去。旋：转。⑤引领：抬头。

译文：

月亮高高地悬挂在夜空是那么的明亮，月光如水一般地照在我的床帐上。

心怀愁绪辗转反侧难以入睡，披衣下床绕室沉思彷徨。

羁旅他乡纵然有千般的快乐，也不如早早地返回故乡。

推门出户独自感叹徘徊，能够向谁诉说这满肚的愁思呢？

抬头怅望无奈还是回房吧，泪如雨下沾湿了自己的衣裳。

三、《古诗十九首》
独特的艺术特色

（一）独特的"叙事性"的抒情
方式

以第三人称出现的抒情方式：

《古诗十九首》大抵上是抒情诗，与
乐府民歌中的叙事诗恰好形成对照关系，
但是由于《古诗十九首》脱胎于乐府演
唱，因而古诗的抒情艺术有着明显的叙
事方式的特点。或者在叙事中抒情，或

者是抒情如同叙事，很少出现纯属表情的渲染，形容和感叹的词语。正是基于这个特点，因而《古诗十九首》中不但出现了大多数诗歌的第一人称的抒情方式，还出现了以第三人称抒情的方式。以第十首《迢迢牵牛星》为例：

迢迢牵牛星，皎皎河汉女。

纤纤擢素手，札札弄机杼。

终日不成章，泣涕零如雨。

河汉清且浅，相去复几许？

盈盈一水间，脉脉不得语。

这首诗是仰望天空的遐想，借牛郎织女的传说来抒情。它的整体结构也是叙事方式的。诗人在叙述自己的所见、所闻、所想象的星象和神话传说，可是值得注意的是，诗的主人公是织女星所化身的织女，不是诗人的自我形象，而是诗人为之深深同情的对象。与之类似的是《青青河畔草》中那倚窗而立的少妇，诗人只是作为一个旁观者默默地观察着楼上那位美丽的少妇，进而抒发自己的感情。诗人在这里同样不是以第一身份出现直接抒发自己的感情，而是通过叙述第三人，也就是那楼上的少妇来抒发令人惊叹的热情和对少妇深深的惋惜和同情。

以第一人称出现的抒情方式：

而以第一人称出现的抒情方式，不论是游子和思妇谁为主人公，所采取的抒情方式，都是像叙事一样，通过叙述具体的事情来抒发离情别绪。而如果

是对人生哲理的议论抒发感情，则换作直接叙述事理和哲理，也就是说《古诗十九首》作为抒情诗的特点是，将诗的整体结构都架构在具体的事情或事理中，抒情是叙述，议论同样也是叙述。但是我们虽然说《古诗十九首》是脱胎于乐府民歌的基础上，但是它与乐府民歌的抒情方式还是有着显著的不同。具体地说，也就是他们存在着明显的"雅俗"之别，文人和艺人之分，以及抒情的直白和含蓄之分。如第一首《行行重行行》：

行行重行行，与君生别离。

相去万余里，各在天一涯。

道路阻且长，会面安可知？

胡马依北风，越鸟巢南枝。

相去日已远，衣带日已缓。

浮云蔽白日，游子不顾反。

思君令人老，岁月忽已晚。

弃捐勿复道，努力加餐饭。

这首诗是拟思妇的自叙，我们可以

很清楚地看到，事情的整个经过是她的丈夫久久地远出不归，而她在家整日地思念担忧。她的絮絮叨叨，断断续续，都是从游子离家在外的事情引发出来的，都是在对远出的丈夫诉说着自己的相思之情。对于我们读者来说，我们在了解整个的叙事过程后，感受到了她如痴如迷的忧思怨望，被他们夫妻淳朴笃厚的爱情所深深地感动，因而读起来是叙事，实际上是抒情。

又如第十九首《明月何皎皎》：

明月何皎皎，照我罗床帏。

忧愁不能寐，揽衣起徘徊。

客行虽云乐，不如早旋归。

出户独彷徨，愁思当告谁？

引领还入房，泪下沾裳衣。

通过阅读这首诗，我们了解到事情大概是忧愁不眠，客游不乐，欲归不能，进而悲伤流泪。事情说完了，可是给我们的感觉就好像是看电视剧中的潜台词一样，它只是一出幕外的独白，而不是舞台上主角的内心直白。这位游子不是在抒发他自己的内心活动，而是在告诉人们他在这不眠的月夜有什么活动，从而让人们理解他的忧愁是如此这般的愁苦，而并不直接说明他忧愁什么。所以他的抒情方式如同叙事。

（二）清丽如画，婉转文雅的艺术风格

在艺术上，《古诗十九首》以文温以丽，意悲而远的风格被誉为"一字千金"

和"无言冠冕"。这两种因素结合在一起加上运用的是当时新兴的五言的形式，使《古诗十九首》自诗经以来，成为了一种新的经典。由它创造出的新范式和新内容比较重要的是：

首先抒发了当时人的生命意识，写出了人对生命的深层的思考，反映了世态炎凉和下层知识分子不遇的种种悲慨。社会的动乱，战争的频繁，国势的衰败，文士宦游天涯，由此带来夫妻生离，兄弟死别，友朋契阔，从而使相思别离成了歌唱的主调。《古诗十九首》中的觉醒，诗的觉醒，是整个建安时期"人的自觉"的前奏，是"文的自觉"的开始阶段。

其次是表现了人的典型感情，都以十分浅显的语言说出。在表达方式和效果上，"真"——袒露式的感情，白描式的"真景"，对久违的朋友推心置腹说的"真话"，记载的"真事"，性情中人说性情中话，即所谓的"情真、景真、事真、意真"是《古诗十九首》的风格特征。所谓的情真、景真、事真、意真，不仅指对场景、事实作客观真切的描写，更是要求诗人精诚所至，从内心流出真情实感。

第三是不迫不露的含蓄蕴藉，不可句摘，也不必句摘的大气浑成，以及从《诗经》发展而来重章叠句的更迭的形式。《古诗十九首》善用叠字，如《青青河畔草》中的"青青""郁郁""盈盈""皎皎""娥娥""纤纤"等系列的叠字的运用。与《诗经·卫风》"和水洋洋"一样连用六叠字也十分自然，有异曲同工之妙。

在结构上转折自然巧妙，故刘勰《文心雕龙·明诗》赞美说："观其结体散文，直而不野，婉转附物，怊怅切情，实五言冠冕也。"这大意是说，《古诗十九首》是通过整体的结构编排，把松散的艺术表现集中起来，风格比较质朴，但同时又不显粗狂，相当的文雅，运用比兴的手法，表现也婉转含蓄，抒写的不满感情比较真切，是恰到好处的。在艺术上则是要求思想感情真实自然，内容与形式完美结合，认为四言诗应该以雅润为本，而五言诗则是"清丽居宗"。实际上是汉代五言诗是从汉乐府民歌发展而来的近乎于流行的曲调，本来是粗狂，所以要求精练到"清丽"。因此刘勰认为古

诗是五言流调中的最佳之作，其艺术特点正是结构完整集中，语言风格"清丽"，表现手法含蓄，感情真实自然。

（三）新颖的情景交融的描写手法

谢榛《四溟诗话》说得好："作诗本乎情景，孤不自成，两不相背。"又说："景乃诗之媒，情乃诗之胚，合而为诗，以语言而统万形，元气浑成，其浩无涯矣。"情景交融确实是历代诗家所追求的目标。《古诗十九首》缘情写景，使景物染上极浓的感情色彩，达到了"融景入情，寄情于景"的完美境界。

　　《古诗十九首》主要抒写的是游子仕途无望和思妇相思别情。它经常借灰暗的景物抒写这类感伤情绪，使得情与景相辅相成，融合无间。如《明月皎夜光》《东城高且长》《驱车上东门》和《去者日以疏》无一不悲恻动人，以摇落的秋气，衬托出诗人落拓失意的悲愁情怀。

　　值得注意的是《古诗十九首》还善于用相互反衬的手法，以盎然春意反衬潦倒愁怀和离愁别绪。《回车驾言迈》先这样写道："四顾何茫茫，东风摇百草。"表现出东风送暖，吹拂百草，大自然呈现

一派欣欣向荣的景象。可是诗人紧接着写道："所遇无故物，焉得不速老？"面对美好的春景，诗人不仅没有欢欣鼓舞，相反季节的变换，却引起他对韶华易逝，老大无成的无期感慨。吴淇《选诗定论》中云："此诗将一片艳阳天气，写得衰飒如秋，其力真堪与造物争衡，焉得不移人之情？"在《青青河畔草》中，这种正反相衬的手法表现得更为奇妙。这是首思妇诗，一位仪态万方、空闺寂寞的少妇凭轩而立，面对的是"青青河畔草，郁郁园中柳"的大好春色。碧草连绵，一直延展到天边，容易产生"王孙游兮不归，春草生兮萋萋"的遐想，念及远在天涯，漂泊未归的游子。更重要的是，姹紫嫣红的春光，使盛颜如花的少妇分外感到青春易逝，年华似水，因而越发渴望获得爱情的抚慰，可是眼前的现实只是空寂的闺房和已经消逝的恋情。在这里，春光越是明媚，少妇的寂寞也越值得人们

同情。诗以乐景写哀，倍增其哀怨，从而更增加了感人的艺术效果。

（四）平淡自然、精练生动的语言风格

《古诗十九首》的语言是清新自然、质朴明朗的。谢榛《四溟诗话》曾对此作过生动的比喻："平平道出，且无用工字面，若秀才对朋友诉说家常，略不作意。"的确如此，《古诗十九首》中由活生生的口语为主体组成的诗句不胜枚举，而这些诗句中，又都充满着强烈、真挚的情感。当然《古诗十九首》毕竟是当时文人的创作，因此，又表现出诗人深厚的文学修养和驾驭语言艺术的技巧。《古诗十九首》篇幅最长的只有二十句，每句五个字。在如此短的篇幅中，要表达丰富而深刻的感情，语言非精练不可。为达此目的，除了对形象进行高度概括外，

《古诗十九首》还善于运用一些技巧，比较突出的是活用前人成语、典故。《行行重行行》前半部分这样写道："行行重行行，与君生别离。相去万余里，各在天一涯。道路阻且长，会面安可知？"生别离，是古代流行的成语，犹言永别离。屈原曾写过："乐莫乐兮新相知，悲莫悲兮生别离。"这里并非指一般的、暂时的分手，而是说分别以后，难以重新相聚，因而"悲莫悲兮"，悲伤之中，再也悲不过"生别离"，即《孔雀东南飞》中"生人作死别"的意思。了解了出典，三个字的含义就非同一般了。接着写思妇与其夫各在天一涯。也许要问，既然相思至深，为什么女主人公不去远方寻夫呢？因为"道路阻且长"的缘故，从字面上看，道路艰险而漫长，无法寻求，也勉强可以说通。但是，深入一步看，意思就不同一般了。这句话出自《诗经·蒹葭》："蒹葭苍苍，白露为霜，所谓伊人，在水一方。溯洄从之，道阻且

长；溯游从之，宛在水中央。"《行行重行行》虽然只用了其中的一句。但可以使人联想到整首《蒹葭》的意境，主人公百般思念"伊人"，溯水而上去寻求，"道阻且长"，顺着水流去找，"宛在水中央"，也就是现在常说："远在天边，近在眼前"，"伊人"的身影时刻在她的心头。

因此《行行重行行》中的"道路阻且长"，实质包含两层意思，一是女主人公曾经试图去寻夫，但终于没有成功，故而有下句"会面安可知"。另一层意思是说，尽管如此，游子的形象还是永远铭记在思妇的心头，因而引起了下文"衣带日已缓"的深刻相思。

以上的这四个艺术特点用于评价《古诗十九首》是十分恰当的，尤其是"清丽居宗"的艺术主流的概括，更加符合汉代诗歌的发展趋势，突出了古诗的总体艺术特色。

癸卯月 敬亭

四、《古诗十九首》"生别离"与"不如意"的愁情体悟

从主题思想和社会内容上来看,《古诗十九首》主要有两类,思妇怀远和游子怀乡,相当广泛地反映了东汉下层文士及其家庭生活、命运遭遇和几乎没有正面歌唱社会的政治思想以及道德的情操。内容大多是从不满、不平来抒发,触及社会政治道德情操的污浊和腐败,透过外出游子仕途的坎坷,反映这个时代的侧影,流露着下层人民安于本分的合理的生活愿望和愿望幻灭的软弱追求。

精神上的束缚与生活上的重压，造成了下层文士的委屈和软弱，真实的感情和人性的要求，也使他们在情理上达到了协调并使矛盾趋于缓和，从而为我们唱就了一曲辛酸动人的悲歌，博得了当时及其后世下层文人的思想共鸣。

（一）恩爱夫妻无奈"生别离"

在《古诗十九首》中，思妇诗占了八首，有第一首《行行重行行》，第二首《青青河畔草》是写一位倡女出身的思妇的

春怨。第八首《冉冉孤生竹》是写一位
订婚女子对未来丈夫迟迟不迎娶自己的
哀怨。第九首《庭中有奇树》是写一位
思妇怀念游子。第十六首《凛凛岁云暮》
是写思妇在岁暮寒冬之时对游子的思念。
第十七首《孟冬寒气至》是写思妇在寒
冬思念游子以及接获游子书信时的心情。
第十八首《客从远方来》是写思妇收到丈
夫捎来的绸缎的心情。还有第十首《迢
迢牵牛星》是通过描写织女星进而抒发
思念被阻断的哀怨。

　　下面以第一首《行行重行行》为例，
来具体地讲述思妇的思念之情。《文选》
把《行行重行行》列在十九首的首位，不
无总领全文的序曲意味。全文如下：

　　　　行行重行行，与君生别离。

　　　　相去万余里，各在天一涯。

　　　　道路阻且长，会面安可知？

　　　　胡马依北风，越鸟巢南枝。

　　　　相去日已远，衣带日已缓。

浮云蔽白日，游子不顾反。

思君令人老，岁月忽已晚。

弃捐勿复道，努力加餐饭。

在诗的开头，便直接交代了一位女子与丈夫的别离，接下来写到由于路途遥远，今后两人将会很难见面，然后诉说女子对远游丈夫的思念与关切之情，最后换笔换意，以自我安慰和祝愿的言词作为结尾。至此，一位温良诚挚、明白事理，而又无限深情的妇女的形象便跃然于纸面。面对与丈夫的别离，她的整颗心都在流泪，这一别竟是海角天涯，相隔万里，不知今生还有没有再见面的机会。离别的日子是一天又一天，可是心爱的人儿却久久没有消息，就连那胡马都留恋家乡熟悉的北风，就连那越鸟筑巢都向着家乡南面的方向，我心爱的郎君啊，为什么你不知道把家还呢？在不断加深的思念中，妇女不禁想到，难道是浮云遮蔽了太阳，夫君背弃了往日

的誓言？在他乡又有了新欢吗？思念夫君啊，催人凋零了红颜。眼看着又到了年关，不知夫君会不会归来。唉，还是不要再提这些伤心的往事了吧，希望夫君在他乡注意身体，多加餐饭，好早日与"我"团圆。

全诗自始至终没有交代丈夫究竟去了哪里，因何出行而又因何迟迟未归，"在他乡有了新欢"也只是女子自己的猜想，并没有真凭实据。在这里需要说明的是，像这种生离死别的悲惨在东汉末年那个动荡不安的社会里，是带有特征性的极其普遍的生活现象，在对这位妇女的不幸给予同情的同时，还要从更深的层面上去思考：是什么造成这种相爱的人不得不"生别离"的苦难？

以农为本的封建社会，君臣夫子的帝国统治，对于士农工商来说，都希望安居乐业、家庭团聚、事业发达。农民男耕女织，安土重迁；士人衣锦还乡，

荣归故里，光宗耀祖。但是东汉末年的天灾人祸使农民不得不离乡出外谋生，而对功名富贵的渴望也注定了士人的劳碌奔波。这样的社会现实，对于下层士人的家庭来说，实际上往往从结发的夫妻开始，就注定了他们离别的命运，丈夫离家，妻子等待，不尽的离愁别绪，难言的痛苦悲伤，无望的闺怨乡愁都沉重地压在了他们的心头。诗的开头不道破夫妻分离的事实状态和产生的原因，虽然是从思妇的口中说出，然而却同样地表达了外出游子的心境。

对于思妇来说，生活是无奈的离别，痛苦的隔绝，真挚的思念，难言的失落以及近乎绝望的等待。然而这一切的归结点还是对丈夫归来的渴望，因而埋怨游子不归，便用相信丈夫恋家的比喻来委婉地表达

"胡马依北风，越鸟巢南枝"。鸟兽都依恋故土，丈夫怎么会不如那鸟兽呢？心里也希望相信丈夫，虽然不无怨愤之情。

从身份看，这些思妇的身份也不尽相同，他们中有成婚的妇女，有订婚的女子及倡女出身的妇女，形象鲜明，性格不同。从而表现出了迥然不同的相思别怨。如第二首《青青河畔草》：

青青河畔草，郁郁园中柳。

盈盈楼上女，皎皎当窗牖。

娥娥红粉妆，纤纤出素手。

昔为倡家女，今为荡子妇。

荡子行不归，空床难独守。

早春三月春光烂漫，一条清澈的小河边上矗立着一座美丽的花园，花园外边葱葱绿绿的嫩草沿着河畔一直延伸到很远的地方，园内的柳树也不甘寂寞长得是郁郁葱葱、枝繁叶茂。在这草青柳绿、日丽风和的春天烟景中，一位美丽的佳人独自登楼，正凭窗凝望。啊！她

是那样的美丽，风姿绰约，白粉红妆，偶然间伸出窗外的手是那么的白净柔长，她的娇容美丽堪比那西子，尤胜那罗敷。可是为什么她双眉微皱，目光凝滞，久久地凝视着远方呢？难道这满园的春色也不能使她欣赏吗？噢，原来是在思念着远方未归的丈夫。丈夫久久不归，纵然满园春光无限，纵然佳人倾国倾城，也只能是孤芳自赏，空度良宵。唉，这样的生活什么时候是个尽头啊？想当年自己还为倡家女的时候，虽然身份低贱，但却也总是宾朋满座，热闹快活；而今虽然衣食无忧，但却孤身一人。纵使满园的春色，又有谁和我一起观赏呢？我那薄幸的夫君啊，你究竟何时回来？难道你不知道家中还有一佳人苦苦相盼吗？一个个长夜的空床寂寞又怎么能叫我独守啊？

这是一首思妇春愁的诗。全诗都用第三人称的手法。这在《古诗十九首》

中也是独一无二的。天生丽质，倡家女的出身，不安分的打扮，使她在这草木茂盛、万物重生、生机勃勃的春景下发出了"空床难守"的呼唤。"难守"是把贞洁道德放在与真情萌动的冲突中来阐释人性本身的力量。这样大胆的呼唤在东汉末年那个"宗经"的年代是极其大胆与放肆的，是全社会所不容的。然而，真情作为人类人性最真实的体现是一切所谓道德，所谓经学难以约束的。正如王国维《人间词话》中所说"无视为淫词鄙词者，以其真也"。是啊，这不仅仅是真，更是人性的体现与震撼。再如第八首《冉冉孤生竹》：

> 冉冉孤生竹，结根泰山阿。
>
> 与君为新婚，菟丝附女萝。
>
> 菟丝生有时，夫妇会有宜。
>
> 千里远结婚，悠悠隔山陂。
>
> 思君令人老，轩车来何迟！
>
> 伤彼蕙兰花，含英扬光辉。

过时而不采，将随秋草萎。

君亮执高节，贱妾亦何为！

诗中说"与君为新婚"，可以理解为刚结婚，也可理解为新近订立婚约，则为未婚，因此它的主题历来有两种说法：一是丈夫新婚后外出不归，也不来接她团聚。还有一种理解是，订婚后，夫家迟迟不娶。全诗三节，首四句比兴分别寓意男女的境况。看来男家的门第还是很高的，但女子为孤门单族，家庭势弱，所以自比为软弱的"孤生竹"；而丈夫根底不薄，又出身望族，所以自比泰山脚下的一支。对女子来说出嫁便依附于丈夫，就好像藤萝蔓茎缠缚于树木一样。次六句就是说女子青春有一定的限时，夫妻结合应当珍惜美好的时光，女子盼望思念得人都变老了，可是男家却还迟迟不来迎娶。末六句以香草鲜花比喻青春容颜易衰，希望男子及时迎娶，批评他不该矜持，表露了自己的不满和失落。

这显然是一位知书达理的闺中女子理解未婚夫的地位处境和性格情操，一心盼望他及时迎娶，所以一再用比喻婉转抒发愿望，委婉的申诉情理，甚至最后演变到对未婚夫的斥责。

与上述的二位妇女相比，其余各首的思妇形象则稳重含蓄多了。有的说，看见庭中的花朵，"但感别经时"，离别了又一年了；有的说，天冷了，又一年了，梦见丈夫在外不得意，也想家，所以梦醒以后更加地思念丈夫；有的说，冬天岁末，盼望丈夫归来，怀里藏着丈夫三年前的来信，担忧丈夫的境遇，挚情不渝；有的说，接到丈夫捎来的绸缎，知道"故人心尚尔"，便把自己的爱情缝入这绸缎的"合欢被"。她们的身份性格不尽相同，表述思想也不一样，但共同的特点是，埋怨丈夫久出不归，都忠于自己的爱情等等。盼望丈夫归来，恪守妇节。即使是那位"荡子妇"和那位未婚妻，即使有

不耐烦和气恼，也仍在等待盼望，不变心，不出轨。

这些思妇的愿望和期待只是及时成婚，夫妻恩爱，家庭团聚，生活幸福美满。这是合理的，适度的，本分的生活理想，是人之常情。她们恪守妇女的节操，忠于自己的爱情，顺从自己的丈夫，甘于束缚，并不触犯封建的道德规范，绝无反封建的自觉的意识，不求自由平等，不涉及政治权力。但是恰恰这一合乎常情的家庭生活理想，恪守本分的夫妻爱情愿望，在封建社会往往也不会如愿，这就造成了她们离别旷居的生活和望眼欲穿的痛苦，同时也暴露着封建社会的不合理，束缚人生，摧残人性，破坏家庭，冷酷无情。这些思妇诗使人们倾听到了汉代妇女的悲伤和愁苦，感受到了封建社会对妇女的摧残和束缚。换句话说，

在古代封建社会，思妇所说的人生体验，
会引起更为广泛的生活联想和感情共鸣，
尤其是在下层士大夫阶级。在这些人的
人生和仕途中总是怨恨隔绝，期待着知
遇，以求理想抱负的实现。所谓"女为
悦己者容，士为知己者死"，在女子和士
子之间，夫妇与君臣之间，有着似有似无，
若即若离的相同相似的感受和体验。

（二）失意文人仕途"不如意"

十九首古诗中多半是游子诗，但是，
单纯写离家远游，思念家室故乡的游子
诗却是只有三首。除了末首"明月何皎
皎"外，其六"涉江采芙蓉"写游子在
外怀乡恋妻之情，是赠妇诗，从江边采
花赠远，写到"同心而离居，忧伤以终
老"，表露忠于夫妻情谊，抒发别离感伤，
寄托不遇难归的惆怅。其十四首"去者日
以疏"，写一位久居异乡的游子看见墓墟

而激发的乡愁归思，寄托了下层士人的一种普遍境遇和共同的愁思，孤独苦闷，但又不得归乡，失落自我，觉得飘零迷茫，前途无望。这是深刻的悲哀，真实的反映。其余八首的主题看来较广，其实也是因游子离家而来的人生仕途的一些体验，抒发他们追求前途的种种遭遇的不平和不满。他们的突出特点是更多表露仕途的体会和感慨，往往作哲理性的议论。显然这是具有下层文人士子的情怀色彩。如第十二首《东城高且长》：

东城高且长，逶迤自相属。

回风动地起，秋草萋已绿。

四时更变化，岁暮一何速！

晨风怀苦心，蟋蟀伤局促。

荡涤放情志，何为自结束？

燕赵多佳人，美者颜如玉。

被服罗裳衣，当户理清曲。

音响一何悲！弦急知柱促。

驰情整中带，沈吟聊踯躅。

思为双飞燕，衔泥巢君屋。

这首诗从第十一句"燕赵多佳人"起，历来有学者认为诗意不连贯，当另作一首。实际上，整首诗的诗意还是连贯的。诗中的主人公是位失意落魄的文士，触景生情，感慨岁月的易逝，年华不常，想起了《诗经·晨风》的愁苦心情，"未见君子，忧心钦钦"，体会《诗经·唐风·蟋蟀》的人生感伤，"令我不乐，岁末其除"，觉得不必自我约束，何妨去寻欢作乐。所以情调一转，向往到古代多产乐伎美女的燕赵去寻找知音和欢乐，追求美满的爱情和幸福。诗中引用《诗经》诗意，正表明了此诗的作者是一位饱读诗书，熟读五经的文人，也同时点出了这首诗是在表达和寄托士人仕途失意不遇，而年华蹉跎，不如另谋人生出处，及时行乐。因而诗中的主人公沉吟徘徊，寻找到了自己的知己伴侣一起去追求自己的归宿。末联的"思为双飞燕，衔泥巢君屋"，比兴双关，寓意既是人生的，同时也是政治的，这里的"君屋"显然是暗示"君臣"的"君"，隐喻功名富贵。可见这首诗的主题思想，其实并非鼓吹失意文人放荡行乐，而是鼓励天下失意的文士一起努力奋斗，其深意是在讽喻朝廷和君王要求他们关心注意天下失意的文士，使他们获得理想的归宿，为国君效力。

在仕途中产生的人生体验，是十九首古诗中游子诗的重要的思想主题。从社会生活上来看，这似乎显得有一点狭隘和单薄，只是关心文士的命运，但在表现文士的情绪和愿望上，十九首诗中涉及相当广泛，情态各异。而它们

的共同特点是是非分明，但是态度软弱，

强烈地抨击封建官场的丑恶，但是并不

反对封建制度本身。他们对上层富贵

施以冷嘲热讽，对下层贫贱感觉是

失意与不平，对世态炎凉

十分不满，然而只

是无奈地自嘲。例如第三首《青青陵上

柏》：

> 青青陵上柏，磊磊涧中石。
>
> 人生天地间，忽如远行客。
>
> 斗酒相娱乐，聊厚不为薄。
>
> 驱车策驽马，游戏宛与洛。
>
> 洛中何郁郁，冠带自相索。
>
> 长衢罗夹巷，王侯多第宅。
>
> 两宫遥相望，双阙百余尺。
>
> 极宴娱心意，戚戚何所迫？

东汉士人当时流行的世风是游学，

且主体多为一批中下层文人。本首诗的

作者便是典型的这一类人。他们普遍出

身不高且自认为才学满腹，抱着报国报

民的思想，重荷着整个家族的希望来到了洛阳，然而，东汉末年，党锢之争，宦官专权的严酷现实击碎了他们求取功名的理想。伤心失望之情是可以想象的。在这种悲伤心情的影响下，眼前洛阳的一片繁华，自然就成为他们徘徊踟蹰的忘情地。"洛中何郁郁，冠带自相索。长衢夹罗巷，王侯多第宅"正是这一现象的真实写照。理想的破灭，精神的痛苦，远离了家乡，远离了亲人。原本以为可以"兼济天下"，"光宗耀祖"，实现自己的理想和抱负，然而自己牺牲了这一切所换来的竟然是一场空。他们于现实中有意识的仕途追求却换来了精神上的末路无助，这个时候他们的精神整个崩溃了，只有"及时行乐"才能仅仅暂时地弥补期待中的心里的空虚，可是他们不知道欢愉过后的寂寥与空洞才是更可怕的毒药啊。

但是，他们真的仅仅是"享乐吗"？

从"斗酒""驽马"诸句看，特别是从写"洛中"所见诸句看，这首诗的主人公，其行乐有很大的勉强性，与其说是行乐，不如说是借行乐以消忧。而忧的原因，也不仅仅是生命短促，理想破灭。生当乱世，他不能不厌乱忧时，然而到京城去看看，从"王侯第宅"直到"两宫"，都一味寻欢作乐，醉生梦死，全无忧国忧民之意。自己无权无势，又能有什么作为，还是"斗酒娱乐"，"游戏"人间吧！"戚戚何所迫"，即何所迫而戚戚。用现代汉语说，便是："有什么迫使我戚戚不乐呢？"（改成肯定语气，即"没有什么使我戚戚不乐"）

用通俗的话来叙述，好像自己的及时行乐是被什么所逼迫的。全诗内涵本来相当深广，用这样一个反诘句作结，更其余味无穷。可见在"及时行乐"的表象下，还是一颗"忧国忧民"的心啊。

这首诗看似是在写游览繁华京都

的观感，实际上却是在写两种人生的乐趣和追求。墓地上的轻松翠柏，涧水中的磊落的山石，这显然都是高洁坚贞的美好的品格的象征，但是却有着更深一层的含义，就是人死后的常青不朽，虽死犹生。进而导出了人究竟该怎么活的问题。诗人认为人生短促，一生就像远方来客似的到人世一游，很快就过去了。这显然是道家人生哲学。因此不必追求荣华富贵和奢侈的生活。这首诗的本意不在揭露当时的政治黑暗，而在于贬低追求荣华富贵，实质上这是一首人生感慨诗，并非政治上的讽刺诗，但是它对封建政治社会生活是否定的，客观上触及封建社会的弊端，而它的正面人生观并不积极，实际上我们可以理解为这是对现实的逃避，可是在那个极端的社会里，这些手无缚鸡之力的文人又能如何呢？

还有的诗，其中类似于这种仕途人

生的哲理有时会显得有些辛辣的味道。

例如第四首诗《今日良宴会》：

> 今日良宴会，欢乐难具陈。
>
> 弹筝奋逸响，新声妙入神。
>
> 令德唱高言，识曲听其真。
>
> 齐心同所愿，含意俱未申。
>
> 人生寄一世，奄忽若飚尘。
>
> 何不策高足，先居要路津。
>
> 无为守穷贱，轗轲长苦辛。

在一个非常令人欢乐的宴会上，弹古筝，唱新歌，振奋精神，美妙迷人。有德望的人物大唱高调，懂音乐的人士聆听真谛。在宴会上的人们心里都有相同的愿望，但是没有一个把这个心愿说出来。究竟是什么心愿呢？原来人们都觉悟到人生的短促，像一阵风卷起尘土，轻微而迅速，说不定哪天忽然就结束了。奇怪的是这么短促的人生中，人们为什么不赶紧迈开大步快跑，抢先占据那重要的位置呢？不要守住贫穷低贱，常常

辛苦地走在坎坷的道路上，过苦日子。看来似乎讽劝人们都早日地争取去做官发财，实则对这类庸俗的人生观是表现得十分的不屑的，把这类"高官"的真谛，一语道破。嬉笑却不怒骂，反语却从正面说。不伦不类，大彻大悟，熟悉世故，玩世不恭，是这首诗的态度和风格，有不满，有不平，是智者，是醒者，却不是一个勇者。他们当中不是志士仁人，便是清高自好的高士隐者。也许有狂狷之士，愤世嫉俗，慷慨高歌，但是古诗中未见，听到的只是失意的悲鸣。第七首《明月皎夜光》：

明月皎夜光，促织鸣东壁。

玉衡指孟冬，众星何历历。

白露沾野草，时节忽复易。

秋蝉鸣树间，玄鸟逝安适。

昔我同门友，高举振六翮。

不念携手好，弃我如遗迹。

南箕北有斗，牵牛不负轭。

良无盘石固，虚名复何益？

这是一首月意象的诗。清澈的月光几乎照亮了诗歌的每一句，为全诗抹上一层清亮凄迷的底色；所有的蟋蟀、玄鸟、秋蝉，所有的鸣叫、飞翔，野草上的白露，诗人的哀怨，全都笼罩在月光透明的轻阴之中。

皎洁的月色，蟋蟀的低吟，交织成一曲多么清切的夜之旋律。再看夜空，北斗横转，那由"玉衡"（北斗第五星）"开阳""摇光"三星组成的斗柄（杓），正指向天象十二方位中的"孟冬"，闪烁的星辰，更如镶嵌天幕的明珠，把夜空辉映得一片璀璨！一切似乎都很美好，包括那披着一身月光漫步的诗人。"严玉衡指孟冬"，"孟冬"在这里指的不是初冬节令（因为下文明说还有"秋蝉"），而是指仲秋后半夜的某个时刻。仲秋的后半夜，如此深沉的夜半，诗人却还在月下踽踽步，显然有些反常。倘若不是胸

中有着缠绕不去的忧愁，搅得人心神不宁，谁还会在这样的时刻久久不眠？明白了这一层，人们便知道，诗人此刻的心境并不"美好"，甚至有些凄凉。

诗人默默无语，孤身一人在月光下徘徊。"白露沾野草"，朦胧的草叶上，竟已沾满晶莹的露珠，那是秋气已深的征兆，诗人似乎直到此刻才感觉到，深秋已在不知不觉中到来。时光之流转有多疾速啊！而从那枝叶婆娑的树影间，又有时断时续的寒蝉之流鸣。怪不得往日的燕子（玄鸟）都不见了，原来已是秋雁南归的时节。这些燕子又将飞往哪里去呢？"秋蝉鸣树间，玄鸟逝安适"？这就是诗人在月下所发出的怅然问叹。这问叹似乎只对"玄鸟"而发，实际上，它岂不又是诗人那充满失意的怅然自问！以上八句从描述秋夜之景入笔，抒写诗人月下徘徊的哀伤之情。

"昔我同门友，高举振六翮"，在诗

人求宦京华的蹉跎岁月中，和他携手而游的同门好友，先就展翅高飞、腾达青云了。这对诗人无疑是一个好消息。他相信凭着昔日多年的友情，"同门"好友一定会顾念旧情，提携自己一把。总有一天，他也会平步青云的。但事实大大出乎诗人预料，昔日的同门之友，而今却成了相见不相认的陌路之人。他竟然在平步青云之际，把自己当做走路时的印迹一样，留置身后而不屑一顾了！"不念携手好，弃我如遗迹"，这毫不经意中运用的妙喻，不仅入木三分地刻画了同门好友"一阔脸就变"的卑劣之态，同时又表露了诗人那不谙世态炎凉的惊讶、悲愤和不平！全诗的主旨至此方才揭开，那在月光下徘徊的诗人，原来就是这样一位被同门好友所欺骗、所抛弃的落魄者。在他的背后，月光印出了静静的

身影。而在头顶上空，依然是明珠般闪烁的"历历"众星。当诗人带着被抛弃的愤怒仰望星空时，偏偏又看见了"箕星""斗星"和"牵牛"的星座。正如《小雅·大东》所说的："维南有箕，不可以簸扬；维北有斗，不可以挹酒浆""皖彼牵牛，不以服箱（车）"。它们既不能簸扬、斟酌和拉车，为什么还要取这样的名称？"良无盘石固，虚名复何益"想到当年友人怎样信誓旦旦，声称着同门之谊的"坚如盘石"；而今"同门"虚名犹存，"盘石"友情安在？诗人终于仰天长叹，以悲愤的感慨收束了全诗。这叹息和感慨，包含了诗人那被炎凉世态所欺骗、所愚弄的多少伤痛和悲哀啊！

在这首诗中，诗人有点愤懑了，因为备受冷落，尤其是飞黄腾达的同窗好友抛

弃了他，不提携和帮助他，在这深秋之
夜，月光皎洁清冷，促织鸣叫乱耳，斗
柄指向寒冬，霜露凝冻野草，又是冬天了。
这是眼前景致，也是诗人的感受，天气
变冷，人情冷落。树上的秋蝉在
叫，天上的燕子南飞，人呢? 被冷落的
人应该往哪里去呢? 从前的同
窗好友，如今高升了，但他
把诗人遗忘了，就像过路的
脚印一样丢在了脑后，根本不念往日
的携手同游的交情。诗人终于对这炎凉
的人情事态感到了极其的气愤，指责了
所谓同窗好友的虚伪，就像夜空的南箕
北斗，并不能用来用作盛储的器具；像
牵牛不能负轭拉车耕地。这样无情无义
的朋友简直是徒有虚名，一点也靠不住。
诗人被冷落的体验，迸发出了对于趋炎
附势、虚情假意的愤慨，是一种无声的
抗议和控诉。

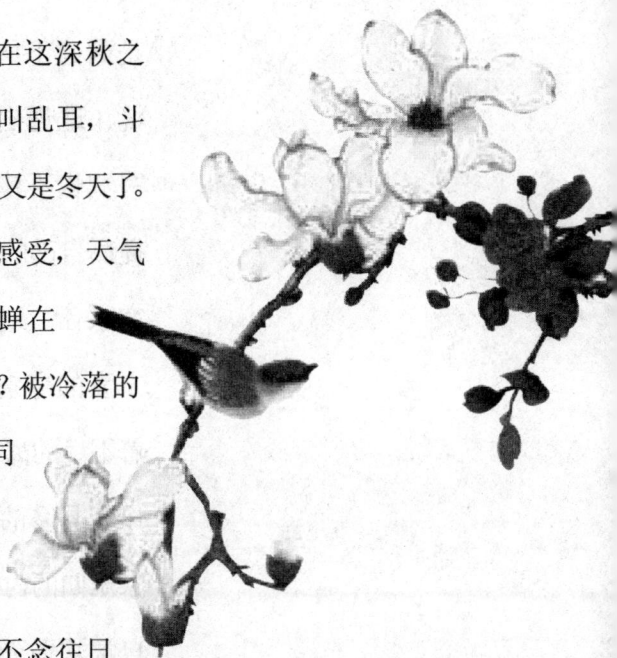

    总结起来，《古诗十九首》思想特点

是封建下层人士从自身地位、利益、处境、遭遇出发，充满了感慨和哀怨，抒写惆怅不满，迸发气愤不平。为了改善提高自己的地位和待遇，他们不得不离家求仕，追求功名富贵的前途，造成了夫妻的离别，产生了许多游子思妇，有着不尽的离愁别怨。而仕途人生的坎坷，作客异乡的屈辱，穷困潦倒的痛苦，有家难归的内疚，使他们看破世态和人生，自觉软弱无力，痛感现实的黑暗。于是有选择逃避的，有选择超脱的，还有选择愤世的，更有选择随波逐流的，就是很少有挺身改革的。《古诗十九首》的思想特点和成就，并不是表现为时代的强音，而更多是弱者的悲鸣，并不表现为积极的理想和努力的奋斗，取而代之的是对现实的不满、不平和对前途的失望和无奈。这是一种确实存在的现实状况，同样具有现实的真实性和历史的时代性，同时还具有一定的教育意义。

（三）《古诗十九首》"相思离别之情"产生的时代和文化背景

游子、思妇相思离别之情的产生，是与《古诗十九首》所处的社会时代和文学自身的发展分不开的。一是时代背景的作用。《古诗十九首》虽不是一人之为，一时之作，但从诗歌所反映内容的相似性看，应是大致相近时代的作品。"估计《古诗十九首》的时代大概不出于东汉后期数十年之间，即至早当在顺帝末年，至晚亦在献帝以前（约140-190年）"。这一时期，政治和思想领域发生了深刻变化。首先，因政治上由外戚把持朝政，中下层知识分子无缘结交权贵，很难被选举。"举秀才，不知书，举孝廉，父别居；寒素清白如泥，高第良将怯如鸡。"这首童谣唱出了当时

选举制度的真相，不论才能、品德的高低，而论门第高低，选举之人徇私舞弊，使得出身寒门的士子们为了求取功名，不得不离乡背井，长途跋涉，投靠权贵。同时，太学的兴盛，也为士子们"游学"提供了途径，他们不远千里，长期游宦于京师。徐干曾批评这一现象云："且夫郊游者出也，或身殁于他邦，或长游而不归，父母怀茕独之思，思人抱东山之哀，亲戚隔绝，闺门分离。无罪无辜，而亡命是效……非仁人之情也。"徐干认为，这些游子奔走投告，长期不归，已经到了不近人情的地步，这既是个人的悲剧，更是社会的悲剧；其次，思想领域的变化。经学一统的局面在东汉中晚期被打破，士人们开始摆脱经学的束缚，真正面对现实生活。追求功名的理想在现实生活中处处碰壁，政治抱负无法伸展，加之党锢之争，使士人们开始由外向内转，思考人生和命运问题，这是东汉文学艺术精神的体现。"东汉文学艺术则首先循着一条由外部世界向内在生命回归的道路前行,并把回归生命、表现说明内在当做文学艺术的主旋律"。在这种艺术精神的影响下,士人们开始注重个体情感的抒发,《古诗十九首》中的相思离别之情便是在这样的时代背景下产生的。

二是文学发展的结果。《古诗十九首》中相思离别之情的抒发既有社会政治思想的影响,也有文学自身发展的传承。早在《诗经》中就有大量的游子诗和思妇诗,充分表现出游子思乡和思妇念远的情感。汉乐府中的《艳歌何尝行》和《离歌》中的离别之悲,《悲歌》和《古歌》的思乡之愁,尤其是《古歌》的"离家日趋远,衣带日趋缓"更直接地为《古诗十九首》所套用,用以表现思妇的相思之愁。《古诗十九首》正是因为继承了前代文学的成果,才使得相思离别这一主题得以发扬光大。

五、《古诗十九首》对后世产生的深远影响

（一）关于《古诗十九首》与各家的拟古诗

模拟与创作，本身是有连带关系的，从事模拟，而不抹杀自己的想象和情感，会产生出一种新的有价值的文学来。然而要排斥自己的个性，违背现实的环境，而一味固守古人的传统，一切为之所支配，所限制，结果于己于人都是百害而无一利的。模拟在我国早成风尚，各个以法古为高，远俗为工。《文心雕龙》有云："夫才有天资，学慎始习？斩梓染丝，功在初化，器成采定，难可翻移……故宜模体以实习，固性以练才，文之司南，同此道也。"从中我们可以清晰地看出模拟的风气在六朝的时候，已经被当时的人所崇尚了。

在诗的方面，开此模拟之风者，要算是陆机了，他有拟古诗十四首，无一首不是拟《古诗十九首》而来的。孙月峰对陆机的拟古诗有过一番评价："拟古自士衡（陆机）始，句傲字效，如临帖然，又戒大似，所以用心最苦。"这几句话充分说明了拟写古诗的辛苦与不容易。模拟古诗最重要的不只是追求形似，更重要的是不改变《古诗十九首》中古人的神思和语意。而陆机的拟古诗十九首在某些方面还是沿袭了这一点。钟嵘在《诗品·序》中对此已经有过十分中肯的评价："陆机所拟的十四首，文温以丽，意

境而远，感慨'人代冥灭，而清音独远'。"
现将原篇与他的《拟西北有高楼》篇列
出供读者比较：

（原篇）西北有高楼

西北有高楼，上与浮云齐。

交疏结绮窗，阿阁三重阶。

上有弦歌声，音响一何悲！

谁能为此曲？无乃杞梁妻。

清商随风发，中曲正徘徊。

一弹再三叹，慷慨有余哀。

不惜歌者苦，但伤知音稀。

愿为双鸿鹄，奋翅起高飞。

（拟）西北有高楼

高楼一何峻。迢迢峻而安。

绮窗出尘冥。飞陛蹑云端。

佳人抚琴瑟。纤手清且闲。

芳气随风结。哀响馥若兰。

玉容谁能顾。倾城在一弹。

伫立望日昃。踯躅再三叹。

不怨伫立久。但愿歌者欢。

思驾归鸿羽。比翼双飞翰。

从陆机开始，拟古之风就兴盛起来了，如宋刘铄的《拟行行重行行》：

眇眇陵长道，遥遥行远之。

回车背京里，挥手从此辞。

堂上流尘生，庭中绿草滋。

寒蛩翔水曲，秋兔依山基。

芳年有华月，佳人无还期。

日夕凉风起，对酒长相思。

悲发江南调，忧委子衿诗。

卧觉明灯晦，坐见轻纨缁。

泪容不可饰，幽镜难复治，

愿垂薄暮景，照妾桑榆时。

还有谢惠连的《拟客从远方来》，又名《代古》诗：

客从远方来。赠我鹄之绫。

贮以相思箧。缄以同心绳。

裁为亲身服。著以俱寝兴。

别来经年岁。欢心不同凌。

泻酒置井中。谁能辩斗升。

合如杯中水。谁能判淄渑。

又有何偃的《拟冉冉孤生竹》：

流萍依清源，孤岛亲宿止。

荫干相经荣，风波能终始。

草生有日月，婚年行及纪。

思欲侍衣裳，关山分万里。

徒作春夏期，空望良人轨。

芳色宿昔事，谁见过时美。

凉岛临秋竟，欢愿亦云己。

岂意倚君思，坐守零落耳。

齐鲍令辉的《拟青青河畔草》：

袅袅临窗竹，蔼蔼垂门桐。

灼灼青轩女，冷冷高台中。

明志逸秋霜，玉颜艳春红。

人生谁不别，恨君早从戎。

鸣弦渐夜月，绀黛羞春风。

还有她的《拟客从远方来》：

客从远方来，赠我漆鸣琴。

木有相思文，弦有别离音。

终身执此调，岁寒不改心。

愿作阳春曲，宫商长相寻。

关于这位女作家的拟古诗，前人已经有了很好的评价，《诗品》云："齐鲍令辉歌诗往往绝清巧，拟古友胜。"

最后还有江文通的《行行重行行》即《文选》所载《古离别》：

远与君别者，乃至雁门关。

黄云蔽千里，游子何时还。

送君如昨日，檐前露已团。

不惜蕙草晚，所悲道里寒。

君在天一涯，妾身长别离。

愿一见颜色，不异琼树枝。

菟丝及水萍，所寄终不移。

"此诗调最古，语最淡，色最浓，味最晨，讽诵数十过，及更觉意不尽，诚有得于古诗十九首之神"。末后两句，"菟丝

及水萍，所寄终不移"尤得古诗婉转之妙。全诗十二句，抒情也颇为含蓄，不露现怨意和怒色，读来使人感动，妙有弦外之音。

至此以后，拟古诗十九首的作家，亦复不少，但大都失去原作的精神，不仅模拟不成，进而连自己的创作天才都丧失殆尽了。与其临摹而失去自己的个性而终无好的作品，还不如自己索性去创作，能把自己活动的思想，情感很舒展地表现出来，说不定会有意外的收获呢！

（二）影响深远，丰富历代诗家创作

《古诗十九首》对后世的五言诗影响巨大。胡应麟《诗薮》举曹植学《古诗十九首》为例说，"人生不满百，戚戚少欢娱"即是"生年不满百，常怀千岁忧"也；"借问叹者谁？云是荡子妻"即是"昔为倡家女，今为荡子妇"也；"愿为比翼

鸟，施翩起高翔"即是"思为双飞燕，衔泥巢君屋"也。而宋荦《漫堂说诗》曰："阮嗣宗（阮籍）的《咏怀》、陈子昂的《感遇》、还有李太白的《古风》等，皆受《古诗十九首》的影响。"

作为中国五言诗的开始，《古诗十九首》上承《诗经》《楚辞》，下开建安六朝，连接从先秦至唐宋诗歌史的主轴，启迪了建安诗歌的新的写诗途径的形成，确立了建安诗歌新的形式的美学。从此，"居文词之要，是众作之有滋味者"的五言诗，就逐步取代了传统的四言诗，成为了中国诗歌的主流的形式。树立五言诗的新的典范，这正是《古诗十九首》在中国诗学史上重要的意义所在。

（三）历代文人对《古诗十九首》的评价

钟嵘在《诗品》中说道："文温以丽，

意悲而远，惊心动魄，可谓几乎一字千金。……人代冥灭，而清音独远，悲夫！"

刘勰在《文心雕龙·明诗篇》中说："观其结体散文，直而不野，婉转附物，怊怅切情，实五言之冠冕也。"

明代的胡应麟在《诗薮》中说道："兴象玲珑，意致深婉，真可以泣鬼神，动天地。"

清人陈祚明在《采菽堂古诗选》中说道："《十九首》所以为千古至文者，以能言人同有之情也。人情莫不思得志，而得志者有几？虽处富贵，慊慊犹有不足，况贫贱乎？志不可得而年命如流，谁不感慨？人情于所爱，莫不欲终身相守，然谁不有别离？以我之怀思，猜彼之见弃，亦其常也。失终身相守者，不知有愁，亦复不知其乐，咋一别离，则此愁难已。逐臣弃妻与朋友阔绝，皆同此旨。故《十九首》虽此二意，而低回反人人读之皆若伤我心者，此诗所以为性情之物。而同有之情，人人各具，则人人本自有诗也。但人人

有情而不能言，即能言而言不能尽，故特推《十九首》以为至极。"

现代学者张中行认为，《古诗十九首》"写一般人的境遇以及各种感受，用平铺直叙之笔，情深而不夸饰，但能于静中见动，淡中见浓，家常中见永恒"。

总而言之，《古诗十九首》代表了汉代无名氏文人抒情五言诗的特点和成就，虽然未能全面地反映他们的时代，但已经真实地抒发了下层文人的悲愤和忧愁，相当深刻地反映了封建时代下士人的悲惨的遭遇，博得了众多读者的同情和共鸣，对后世产生了深远的影响。在诗歌艺术发展史上也写下了浓重的一笔，不仅丰富和提高了乐府民歌原有的艺术形式，而且还开创了五言抒情诗的一种新规范，完成了为《诗经》《楚辞》以后的诗歌和语言奠基的任务。从此，五言诗渐渐地走进了大雅之堂，成为了一种新的诗体。